希腊神话

雅典娜的故事

[英]伊摩根·格林伯格 著　伊莎贝尔·格林伯格 绘　吴蓉 译

文化发展出版社
Cultural Development Press

Text Copyright © 2018 by Imogen Greenberg.
Illustrations copyright © 2018 by Isabel Greenberg.
This translation of GODDESS: THE STORY OF ATHENA is published by Cultural Development Press Co, Ltd.
by arrangement with Bloomsbury Publishing Inc. All rights reserved.

版权登记号：01-2018-2450

图书在版编目(CIP)数据

希腊神话：雅典娜的故事 / (英) 伊摩根·格林伯格著；(英) 伊莎贝尔·格林伯格绘；吴蓉译. -- 北京：文化发展出版社有限公司，2018.8
 ISBN 978-7-5142-2133-6

Ⅰ. ①希… Ⅱ. ①伊… ②伊… ③吴… Ⅲ. ①神话－作品集－古希腊 Ⅳ. ①I545.73

中国版本图书馆CIP数据核字(2018)第217871号

希腊神话：雅典娜的故事

著 [英] 伊摩根·格林伯格　绘 [英] 伊莎贝尔·格林伯格　译 吴蓉

出版人	武　赫	经　销	各地新华书店
责任编辑	肖润征	印　刷	北京印匠彩色印刷有限公司
责任校对	岳智勇	开　本	889mm×1194mm　1/8
责任印制	杨　骏	印　张	9
版式设计	曹雨锋	版　次	2019年1月第一版　2019年1月第一次印刷
网　址	www.wenhuafazhan.com	定　价	88.00元
出版发行	文化发展出版社（北京市海淀区翠微路2号）	ISBN	978-7-5142-2133-6

如发现印装质量问题请与我社联系。发行部电话：010-88275602

欢迎来到
奥林匹斯山！

古希腊的众神都居住在这座山上，他们像一家人一样，在这里欢笑、争吵、游戏、互相算计，也会爆发战争。在这座山上，众神俯视山下的人，他们把住在山下的人称为凡人。神会帮助他们喜爱的人，使他们脱离困境，也会给其他的神挑选出的英雄找点麻烦。

这本书将为你讲述女神雅典娜的故事。

在本书中你将

诸神介绍

雅典娜 Athena

雅典娜年轻、勇敢，是掌管智慧的女神，乐于帮助凡人、英雄和半神，她的故事广为流传，但她也经常给自己惹麻烦。

宙斯 Zeus

雅典娜的父亲，众神之王，宙斯爱他年幼的女儿雅典娜，但是他的脾气很不好。

赫拉 Hera

宙斯的妻子，赫拉是所有女神中最年长、最聪慧的一位，在其他年轻的女神，特别是她的继女雅典娜最需要帮助的时候，她总会送出及时的忠告。

阿芙洛狄特 Aphrodite

雅典娜的姐姐，掌管美丽和生育的女神。雅典娜和她的关系不是很好。

波塞冬 Poseidon

宙斯的哥哥，古希腊神话中的海神。他年纪很大，而且好争辩，以自己的喜好论对错。

赫淮斯托斯 Hephaestus

宙斯和赫拉的儿子，雅典娜的半个哥哥，赫淮斯托斯是众神的铁匠，有时十分有趣，有时极其愚蠢、野蛮。

认识这些人物

半神、英雄们和人类

阿拉克涅 Arachne

阿拉克涅曾向雅典娜挑战织布，她有才华、有野心。但在众神中，如果选错了对手，会使自己陷入危险。

埃里克特翁尼亚斯 Erichthonius

埃里克特翁尼亚斯是赫淮斯托斯神的儿子，他是半神。雅典娜在他还是个婴儿的时候，就开始抚养他，后来他在雅典被一对年轻的夫妇收养，最后成为国王。

珀尔修斯 Perseus

珀尔修斯是半神，宙斯的孩子，与凡人一同生活。他接受了挑战去杀死美杜莎，并向雅典娜寻求了帮助。

阿喀琉斯 Achilles

阿喀琉斯是古希腊在特洛伊战争中一位伟大的勇士。战争中，他十分可怕，但骄傲自满。

奥德修斯 Odysseus

奥德修斯以聪明的头脑为古希腊赢得了特洛伊战争的胜利。他很勇敢，但是他的船在航海归来的途中被暴风雨袭击，迷失了方向，于是他在海上航行了十年。

帕里斯 Paris

帕里斯是特洛伊国王普利姆的儿子，有点懦弱。他与世界上最美的女人海伦相爱，引起了史诗般的特洛伊战争。

很久很久以前，在雄伟的奥林匹斯山上，众神之王宙斯，患上了严重的头痛病。

不久前，宙斯刚刚创造了世界，但是他总是感觉缺了点什么。正在他冥思苦想的时候，一阵突如其来的头痛开始了，就像他从混沌中造出宇宙一样，毫无征兆。

这种疼痛变得越来越剧烈，一连好几天。他雷霆大作，大地为之震动，海水在巨大的漩涡中旋转，云层越压越低，越来越黑，越来越重，他痛苦的声音在世界各地回荡，一切都被黑暗和痛苦笼罩着。

他无法摆脱这个头痛。

宙斯叫来了他的儿子赫淮斯托斯,他是众神的铁匠,宙斯让他带着最坚固的大锤子来找他。赫淮斯托斯来到宙斯的宝座前,宙斯向他下达了一个命令。

> 把我的头给敲开!

> 您说什么?

赫淮斯托斯不知道该怎么办。他是一个年轻的神,他要伤害伟大的宙斯——他的父亲?这简直太可怕了!但拒绝宙斯的命令同样可怕!

> 你没听到我说什么吗?赫淮斯托斯!把我的头敲开!

赫淮斯托斯举起了巨大的铁锤，重重地砸在宙斯的头上，伴随着巨大的回声，他的头裂开时，宙斯发出一阵痛苦的吼声。雅典娜从他的头里跳了出来。她出生时身着闪亮的盔甲，好像已经准备好要随时开始战斗一样。在云端之上的奥林匹斯山、古希腊众神的故乡，雅典娜就这样出生了。

刚开始，众神对雅典娜的到来充满疑虑和不满：这个新来的，声音很大，出世就引起巨大的混乱……雅典娜很快就会知道，以这种方式出现，会使其他的神很不满。

雅典娜正在和她的兄弟姐妹们玩耍，忽然听到了奥林匹斯山上一阵响亮的欢呼声。这阵欢呼声令众神感到震惊，他们冲向岩石池，那里有一扇能看向地面的窗户，像一面云端的镜子。

在广阔的平原上，离奥林匹斯山顶很远很远的地方，一个新的城市诞生了，成百上千的人聚集到了一起，这里需要一位神来守护。

波塞冬冲开人群大声叫嚣道："给我让开！让我来统治这座城！用最伟大、最尊贵的名字来命名这座城，那一定是我的名字！"众神看起来很失望，但他们不敢和波塞冬争论，因为他是宙斯的哥哥，是最古老和最可怕的神之一。波塞冬是整个海洋的主人，而这座城就在海边。

雅典娜不喜欢波塞冬这样做，她质问道："波塞冬叔叔，我想代替你来统治这座新城市。"波塞冬转过身去，看看是谁在说话，当他看到雅典娜的时候，他喊道："什么？！"这个愚蠢的孩子是谁？他抡起三叉戟，绕着他的头转了一圈，向雅典娜咆哮。但雅典娜一点也不害怕。波塞冬简直气急了。

> 宙斯！你快管教这个不知天高地厚的孩子！

但是宙斯很爱他的女儿，他也厌倦了哥哥的坏脾气。

> 哥哥，如果你的能力可以配得上这座新城，那你需要证明出来。

> 你要和雅典娜竞争，你们中的胜者将统治这座城。

波塞冬非常愤怒，他自己的亲弟弟竟敢要求他和雅典娜比赛？他怒目而视，而雅典娜，她高兴得快要跳起来了。

15

波塞冬和雅典娜将一起出现，告诉这座城市的居民，如果自己被选为守护神，能为他们做些什么。

雅典娜说，我给你们种了一棵橄榄树。它的果实可以养活所有住在这座城市的人，你们也可以把它卖到周围的城市，这将是全希腊最好的橄榄！人们纷纷点头表示同意。这份礼物太好了，美丽而实用！

波塞冬轻蔑地说："这是我听过的最糟糕的礼物。"他站得很高很高，骄傲地大叫：

> 我要给这个城市带点水来！

他把三叉戟举过头顶，把一块巨大的岩石劈成两半。一条小溪出现了，水从山谷中流过。人们向前跑，用手托着水喝。波塞冬笑了，因为他确信自己已经打败了雅典娜，他甚至开始在计划他的神庙要修在哪里了。突然，人们把水吐了出来。因为波塞冬是海神，海水太咸了，不能喝。新城的人们决定了，他们异口同声地说：

> 我们选雅典娜！

波塞冬非常愤怒。他大声地吼叫着,地面随着他的吼声在震动。人们急忙跑去找掩护。波塞冬把怒火转向大海,一股大浪涌上了地平线。

> 你就等着我的复仇吧!

海水淹没了阿提卡山谷,美丽的新城市就这样被摧毁了。雅典娜非常生气。

> 波塞冬!我会保护我的城市,你不会逃脱惩罚的!

人们在雅典娜的帮助下重建了他们的城市。雅典娜很爱她的城市,也爱她的人民,人们把这座城命名雅典。这个位于阿提卡山谷的小城,很快就成了整个古希腊最强大的城市。

一天，雅典娜正在阿提卡山谷打猎，在灌木丛中她遇到了一个小孩。小孩儿的皮肤发红，她立刻知道这不是一个普通的孩子，他是个半神。这孩子是从哪来的呢？她还没来得及仔细想，就看到她的兄弟赫淮斯托斯穿过树林走来了。雅典娜赶紧带着孩子藏了起来。赫淮斯托斯在灌木丛中寻找着。

这一定是赫淮斯托斯的孩子！

雅典娜带着孩子，跑进了树林深处。在那里，她把孩子视如己出、抚养成人。此后多年，雅典娜没有回奥林匹斯山，在这里度过了很长一段时间。

我确定把他留在附近。

赫淮斯托斯，一直没找到他在森林里走散的那个孩子，他觉得这事有些奇怪。众神都想知道雅典娜去了哪里，但是没有了雅典娜和波塞冬的争吵，奥林匹斯山上和平许多，家人也没有去找她。

雅典娜和那个孩子，埃里克特翁尼亚斯，一起住在森林里。为了打发时间，她发明了编织，用布在一台织布机上织成巨幅的画。雅典娜灵巧又聪明，很快她就完成了整个挂毯，用挂毯上的图描绘着她的生活。雅典娜爱她的养子，但她也开始想念天空的自由。

一天，雅典城的一对夫妇走进雅典娜的神庙祈祷，他们想要求神给他们一个孩子，他们已经努力了多年，但一直没有得到。雅典娜听了他们的祈求后，想到了一个主意。

埃里克特翁尼亚斯对这对没有孩子的夫妇来说，这是一份礼物，他也是神送给雅典城的礼物。在决定和孩子分手的那天，雅典娜哭得很厉害，周围的大地都在颤抖，但她已经做好了决定。小埃里克特翁尼亚斯在雅典得到了新的生活，雅典娜也重新回到了奥林匹斯山。

多年以后，这个孩子成了雅典的国王，以仁慈和荣耀统治着雅典，雅典娜知道，她当初做的决定没有错。

雅典娜回到奥林匹斯山后，立刻开始寻找新的冒险。一天，年轻的半神珀尔修斯发现自己陷入了一个困境，他是雅典娜同父异母的兄弟。波吕底克特国王要珀尔修斯把美杜莎的头带回来，那是个奇怪而且神秘的蛇女，许多冒险家都被派去执行这个任务，但是没有人能活着回来。关于美杜莎的可怕传说在各地流传：如果你直视她的眼睛，你就会变成石头。

珀尔修斯笃定而且英勇，但他明白凭自己的力量是无法打败美杜莎的，所以他找到雅典娜求助，因为她是最勇敢的女神之一。雅典娜觉得自己应该帮助这个年轻人，但是她还不知道该如何取胜。

这件事听起来可不简单，我们需要了解我们的对手！我陪你找仙女，她们也许能知道如何帮你应对美杜莎！

二人来到了一个迷人的湖边。珀尔修斯见到了仙女，迫切的请求她们能够帮助他。

珀尔修斯换上了新衣服，感觉就像一个真正的冒险家一样。但是他还在想一个问题，到底如何才能打败美杜莎呢？

雅典娜……这些魔法物品之间看起来没什么关系啊……

我还是不知道如何用它们能打败美杜莎。

聪明的珀尔修斯,用你的智慧,想想该怎么用到它们。

美杜莎能用眼睛把人变成石头。

所以……不能直视她!

是的……但你需要看见她在哪儿才能打败她。

嗯,所以……

你带上我这个闪亮的青铜盾牌,偷偷地靠近她,但不能直视她的眼睛。你把这个盾牌当镜子,通过它反射的影像,击败美杜莎。

你简直是个天才!为什么我没有想到?

当珀尔修斯到达美杜莎的洞穴时，她正在睡觉。珀尔修斯望着铜盾上的反光慢慢靠近，他看到铜盾上出现了可怕的景象：美杜莎的头上爬满了蠕动的蛇，它们眼睛圆圆的，舌头滑溜溜的，他吓坏了。

雅典娜的手指引着他，教他该如何挥剑，于是，他砍下了美杜莎的头，飞快地把它扔进了袋子，没有直视她的眼睛，并飞快地从洞里跑了出来。

我的头在哪里？

无头的美杜莎怒不可遏地追赶他，但是珀尔修斯戴着仙女借给他的隐形帽，脚上踏着神翼草鞋，美杜莎根本抓不住他。

珀尔修斯回到塞里弗斯城的家中，准备庆祝胜利。但波吕底克特国王十分可恶，他逼迫珀尔修斯的家人，使他们到处躲藏。珀尔修斯愤极了，他大步走向宫殿去见国王。国王愤怒地冲向珀尔修斯，珀尔修斯把美杜莎的头从袋子里迅速拿了出来，国王突然看到美杜莎的眼睛，立刻变成了石头。

> 雅典娜，我认为最好由你带走美杜莎的头。我不相信任何人能处理好它，甚至我自己。

这座城市终于和平了。珀尔修斯知道，美杜莎的头是个可怕的武器，他希望雅典娜帮忙保管它。

> 是你赢得了这场战争，不是我！

> 这让我的盾牌看起来很吓人。

雅典娜返回奥林匹斯山，向大家炫耀她的新盾牌，中间是美杜莎的头。珀尔修斯的生活回到了从前，他从雅典娜那里学到了智慧，许多年后，又经历了更多的冒险，终于成为一位拥有智慧的国王。

在帮助了珀尔修斯以后，雅典娜在人间出了名。每一位年轻的勇士都想让雅典娜帮助他们去冒险。虽然雅典娜赢得了人间的好名声，但过多的称赞让她变得有点自负。她的继母赫拉，正准备给雅典娜几句忠告时，一个年轻的凡人吸引了雅典娜的注意。

在莉迪亚，住着一个叫阿拉克涅的年轻姑娘，她是一个了不起的织女，人们从四面八方赶来欣赏她织的布。雅典娜听说过阿拉克涅，她很高兴她发明的技能能被这个人用得这么好。但阿拉克涅织布越来越快，她觉得她是世界上最好的织布人，她想确定一下自己的想法。

她要挑战全世界最伟大的织布人，但是，世界上没有更伟大的织布人了，只在奥林匹斯山上有。当雅典娜听说这个年轻女人向她提出挑战时笑了起来，她是织布机的发明者，没有人能打败她！

雅典娜知道自己肯定会赢，她不想让阿拉克涅感到难堪。于是她装扮成一位老妇人，去拜访年轻的阿拉克涅。

孩子啊，你不要再坚持这场愚蠢的比赛了。伟大的雅典娜将打败你，所有莉迪亚的人都会见证你的失败，他们一定会嘲笑你的。

谢谢您的忠告，但是我相信，我不会输的。

是我，雅典娜！

阿拉克涅，你会输的。我只是不想让你在众人面前难堪。你改变你的主意吧。

如果你那么确信你会赢我，那你又能失去什么呢？

你在害怕什么呢？你怕输吗？

或许阿拉克涅是对的，又或许雅典娜真的有点害怕。但无论如何，需要一场比赛。众神听说在莉迪亚会有这样的织布比赛，都跑来观赛。波塞冬坐在前排，为阿拉克涅欢呼。他总是喜欢和雅典娜对着干，也想亲眼看着她输掉比赛。比赛开始了：雅典娜和阿拉克涅握手。雅典娜，作为卫冕冠军，将首先出场。在她闪闪发光的织布机上，雅典娜把羊毛整理好，开始编织，她一根一根地纺着线，再用线编织挂毯。

观赛区域，其他众神都在聚精会神地注视着她，当看到波塞冬那么期待她输的时候，雅典娜十分生气，她决定把波塞冬在争夺雅典城比赛失利的样子织在布上展示给大家。雅典城是雅典娜迄今为止最伟大的胜利，她决定这样做来激怒波塞冬。

小一点的画面，雅典娜描绘了凡人试图战胜神明的景象，她想用这几幅画吓唬阿拉克涅，她居然敢和一位女神比赛！

完成！

阿拉克涅走到自己的织布机前，开始纺线织布。以前从没见过任何人这样织布，阿拉克涅把她的线织成一幅画，雅典娜看到画就生气了，阿拉克涅知道众人喜欢什么题材的画，她编织的是神和人之间的爱情故事。

众神在画中看到他们自己，都十分开心。每个凡人也都梦想被神拣选。人群很快被这幅画迷住了。挂毯上的每一针都是完美的。阿拉克涅完成了她的作品，从织布机旁站了起来。凡人和众神之中爆发出了震耳欲聋的掌声：阿拉克涅赢了。

雅典娜被气得暴跳如雷,她一跃来到阿拉克涅的挂毯前,把它撕了个粉碎。

如果你那么喜欢织布,那你就永远织下去吧!

她把这个女孩子变成了一只蜘蛛。

雅典娜跑回奥林匹斯山。她平静下来后,伤心地哭了,她为她所做的事感到心痛和后悔,但为时已晚。这是雅典娜做过的最糟糕的事,从那天起,雅典娜害怕看见蜘蛛,这让她勾起痛苦的回忆。

虽然雅典娜在内心惩罚了自己，但赫拉还是对她大发雷霆，毕竟这次雅典娜实在太过分了。

"雅典娜！你来到神的世界是为了别人的。但你真的帮过他们吗？或者你只是为了使自己更出名而帮了珀尔修斯？你对阿拉克涅是残忍、虚荣的！"赫拉喊道。"我很抱歉，我知道错了，但她太傻了！"雅典娜喊道，"那些爱情故事太荒唐了。

掌管爱情的姐姐的阿芙洛狄特无意中听到了，她非常生气。

"雅典娜！"阿芙洛狄特打断了她们说："大家都觉得阿拉克涅的挂毯比你的更美。所以这与爱情无关，你只是无法忍受自己输了比赛而已。"

争吵声音越来越大，最终他们吵醒了宙斯，宙斯非常生气，他要知道她们为什么争吵，他可不想他的奥林匹斯山整日争吵不断。

当他听说雅典娜把一个年轻女人变成了一只蜘蛛,并没有生气,他觉得很有趣!这两个女孩继续争吵,赫拉开始对宙斯不满。他们争吵的声音回荡在天空,直到宙斯大喊道:

赫拉抗议,但宙斯却大笑起来:"赫拉,也许你也应该参加这场比赛!"于是他决定,三位女神都要比赛看谁最棒,奖品是厄里斯的金苹果,但他们要比赛什么呢?

有一段时间，宙斯一直在观察一个愚蠢、怯懦的年轻人，叫帕里斯，特洛伊的王子，伟大的特洛伊国王普利姆的儿子。

宙斯决定让帕里斯接受考验，让他来决定三位女神谁最美丽，她们所要做的就是说服帕里斯选自己。

雅典娜不满，"比美丽？！为什么不比智慧和勇敢！"这场比赛不公平！

阿芙洛狄特小声说："这就是我一直想告诉你的，雅典娜！除了你，每个女人都想当最美丽的女人，所以我一定会赢。"

赫尔墨斯把三位女神带到艾达山，帕里斯就在那里放羊，赫尔墨斯出现在帕里斯面前，喊道："帕里斯！你被伟大的宙斯选中，执行这项特殊任务，告诉我们，你认为谁才是最美丽的女神？"

"噢！这真是我的荣幸！我要选她们三位。"帕里斯结结巴巴地说。"帕里斯！"赫尔墨斯打断他的回答，"女神们，你们要向这位年轻人展示自己的美，被他选中的人将获得胜利。"赫拉向前走。她个子很高、令人生畏，是奥林匹斯山真正的皇后。

"帕里斯，你是个不错的年轻人，就像赫尔墨斯说的，我可以给你权力统治整个世界，你要做的就是选择我，而不是另外两个。"帕里斯简直不敢相信自己的好运气。前一分钟，他还在照看自己的羊群，下一分钟，伟大的女神赫拉就来了，要给他统治全世界的权力！在他虚荣的内心，一直梦想着这件事。

40

他正要选择赫拉的时候,雅典娜走了过来。

"帕里斯,你英俊而且强壮,但是你是富有勇气并足智多谋的人吗?你战斗过吗?胜利过吗?你可曾听说过珀尔修斯?我,就是他背后的女神。你如果选择我,你就可以体验传说中、梦想中的奇遇和冒险。"

帕里斯很激动。他只能在做梦的时候想过:自己像伟大的英雄珀尔修斯那样勇敢。

正当他要选择雅典娜的时候，阿芙洛狄特走上前来。

阿芙洛狄特在帕里斯的眼神里看到了一种熟悉的感觉。原来帕里斯希望拥有爱情。"帕里斯，我母亲可以给你统治全世界的权力。我妹妹可以给你超越梦想的胜利和荣耀。但这又算什么呢，如果你身边都没有爱情？"阿芙洛狄特接着说，"选我，你将拥有世界上最美丽的女人，你会和她相爱、结婚。"

帕里斯的眼睛睁得大大的，眼神充满了渴望。
赫拉被吓到了，雅典娜更是厌恶。

您们三位都非常棒！

但是我只能选一个的话，阿芙洛狄特将赢得这个比赛！

哈哈！

阿芙洛狄特最终赢得了比赛。但是，人人都知道，世上最美的女人叫海伦，她已经嫁给了斯巴达的梅内莱厄斯国王。

帕里斯很兴奋，他将遇到世界上最美丽的女人，阿芙洛狄特知道她不能违背自己的诺言，所以她把帕里斯和他的弟弟赫克托耳送到了斯巴达。阿芙洛狄特施了个魔法，帕里斯立刻爱上了海伦，海伦也爱上了帕里斯，阿芙洛狄特松了口气。

回到奥林匹斯山后,雅典娜找到宙斯。

父亲!

嗯?

你选了一个痴情的傻瓜来决定我们比赛的胜负!这太不公平了!

不管我们做什么他都会选择阿芙洛狄特的!

你应该从这件事里学会什么呢。

凡人是愚蠢的,在他们经历冒险的时候,你掺和得太多了。

我可不是在掺和!

我是在教他们做正确的事而已。

你对阿拉克涅做的事情也是正确的吗?

噢!我是犯了个错,不过……

| 不，雅典娜……你疯狂的冒险行为，让本来只是凡人的事变得复杂。 | 你把诸神拉进人类的斗争，并让奥林匹斯山上的众神与你为敌！ | 我能处理凡间的战争…… 但是我不能让你毁了山上的和平！ |

但是，父亲！阿芙洛狄特刚刚让凡间最强大的两座城相互为敌了啊！

雅典娜！你让我头痛，上次我感觉头痛的时候发生了什么，你是知道的！

雅典娜的担心是对的。海伦和帕里斯在夜里一起偷偷地跑掉了。他们的船驶向特洛伊。海伦的丈夫，斯巴达王梅内莱厄斯非常愤怒。他的弟弟迈锡尼的国王阿伽门农从希腊所有的城市和岛屿中挑选并组建了一支精干的军队，他们打算向特洛伊开战，决心把海伦带回来，彻底打败特洛伊。

雅典娜去了特洛伊，当她到达时，军队已经在海滩上搭起了帐篷，他们逼迫特洛伊人撤退到特洛伊城内。

在接下来的10年，特洛伊人和希腊人的军队在海滩上作战。众神也加入了凡人的战争。阿芙洛狄特站在特洛伊这一边，她必须帮助这对年轻的夫妇证明爱情才是最重要的。雅典娜、赫拉站在希腊军队这边，她们在帮忙收拾这个烂摊子。

战争在继续,即使很艰难,雅典娜也与希腊军队并肩作战。希腊军队由不可战胜的勇士阿喀琉斯领导。帕里斯是特洛伊的王子,他虽然英俊,但在战争中不够勇敢,他的兄弟赫克托耳代替他指挥特洛伊的军队。

阿喀琉斯 VS 赫克托耳

最终阿喀琉斯在战斗中被赫克托耳王子杀死了。每个人都震惊了!后来才知道,原来战死的是普特洛克勒斯,阿喀琉斯最亲密的朋友,当时他穿着阿喀琉斯的盔甲,赫克托耳杀死了阿喀琉斯最亲密的朋友。阿喀琉斯对赫克托耳发出了一对一的决战,并杀死了他。

胜利!

帕里斯很懊悔。他的弟弟死了，这是他的错，他想要报复阿喀琉斯。帕里斯听闻到阿喀琉斯的一个弱点，阿喀琉斯的妈妈在他还是个婴儿的时候，曾带他在神圣的冥河接受洗礼，这使他有不败的钢铁之躯。但是，洗礼时，妈妈用手抓着他的脚踝，只有脚踝没有碰到冥河水所以阿喀琉斯全身只有脚踝可以被攻破。

帕里斯的箭从特洛伊的高墙瞄准射出，径直击中了阿喀琉斯的脚踝，阿喀琉斯倒在地上，他被打败了。

雅典娜愤怒至极，阿喀琉斯是她最喜欢的勇士之一，希腊人的领袖，但是现在他死了，希腊人需要一位新的勇士。雅典娜发现一个叫奥德修斯的年轻人，来自伊萨卡岛，他虽然不是希腊最强壮的战士，但是他相当聪明，雅典娜很快就说服了大家，选择奥德修斯作为他们的新领袖。

经过十年的战争，双方的军队陷入了僵局。希腊人无法攻破特洛伊的城墙，特洛伊人也没有足够的战士来击败希腊的军队。

> 我们需要想出一个计谋！

> 我们能先包围特洛伊城，然后突然袭击吗？
> 但特洛伊的城墙很坚固。

> 我们可以引他们出城后和他们战斗。
> 但是怎么做呢？

雅典娜有了一个绝妙的主意，觉得是时候告诉奥德修斯了。于是，奥德修斯有如神助一般，突然想出了计策。不用引诱特洛伊人出城，而是让特洛伊人把希腊人带进城去。

51

第二天早上，特洛伊人醒来时，希腊人的船都已经消失了。海滩上没有了军营了，只有一匹巨大的木马。特洛伊人以为那是上帝的礼物，意味着战争已经结束了！他们把木马带进特洛伊城，开始庆祝战争的结束。

希腊士兵藏在巨大的木马里面，特洛伊人因为整日整夜的庆祝而疲惫不堪，在他们睡觉的时候，希腊士兵全都爬了出来，摧毁了这座城市。

希腊人最终打败了特洛伊人，阿芙洛狄特非常愤怒，海伦不得不离开帕里斯，回到希腊，回到他的丈夫斯巴达王的身边。爱情并未战胜一切！

故事还未结束……

希腊人庆祝完战争的胜利，开始收拾行囊，离开特洛伊。奥德修斯和他的随从听从雅典娜的建议，乘另一艘战船随后启程，起航后不久，一场巨大的风暴把水手吹离了航道……雅典娜非常愤怒，她认为这是波塞冬干的，他总是故意给她制造麻烦。

> 波塞冬！是你干的吧？你还在因为雅典城的事情生气？

> 谁？我？我刚到这边来修我的三叉戟而已！

奥德修斯在伊萨卡有妻子和儿子，家人对他来说，比冒险、胜利和荣耀都重要，他只想再见到他们。这次，两位女神都决定帮他，雅典娜帮助奥德修斯和他的随从们，战胜她的叔叔波塞冬，这将是一场巨大的挑战。阿芙洛狄特也答应帮助奥德修斯，捍卫他对家人的爱，这使雅典娜深受感动，经过多年的争论和一场旷日持久的战斗，这对女神姐妹又回到了同一战线。

在伊萨卡，奥德修斯的家人也很担心他。他的儿子忒勒马科斯和妻子佩内洛普度过了一段十分难熬的日子。每个人都认为奥德修斯已经死了，求婚者们在希腊军队回来的几周以后，就开始向佩内洛普求婚，希望佩内洛普改嫁他们。他们在宫殿里等了好几年，大家都希望佩内洛普为奥德修斯举办葬礼，放弃等待他归来的想法。在接下来的十年里，雅典娜多次来到伊萨卡，在不同的伪装下，赶走了求婚者，帮助佩内洛普摆脱各种困扰，指导忒勒马科斯，并向他们保证他的父亲一定能回家。

宙斯仍然紧紧地盯着雅典娜，确保她不会再插手凡人的事。雅典娜不得不让奥德修斯自己去找回家的路。但也密切关注，但保证只有在奥德修斯真正急需帮助的时候，她才会介入。

当奥德修斯和他的随从在海上迷路时，他们遇到了一个小岛。为了确保安全，奥德修斯和十二位随从首先出发，在岛上寻找食物。他们发现了一个装满羊和食物的洞穴。随从们都感到很害怕，但奥德修斯相信主人会乐意让他们分享食物。

不幸的是，洞穴里住着一个凶猛的独眼巨人。

独眼巨人一看见他们，就吃掉了其中两个人，第二天早上又吃掉了两个人，第二天晚上又吃掉了两个人。

照这样下去，几天之内，我们都得死在这里……

奥德修斯想了一个聪明的点子,他带了一些甜酒送给独眼巨人,独眼巨人一饮而尽。

你叫什么名字?

我的名字叫……没人……

当巨人睡着时,奥德修斯和他的随从用锋利的木桩刺穿了他的眼睛。独眼巨人瞎了,痛得咆哮起来,叫其他独眼巨人来帮忙。但奥德修斯像在炫耀他的胜利一般,向独眼巨人喊着他的真名。

你到底怎么了?

"没人"要杀我!

奥德修斯!打败你的是狡猾的奥德修斯!

那怪物大发雷霆,要找奥德修斯报仇,他找到波塞冬求助。波塞冬非常乐意帮他,又刮起了一场风暴,让奥德修斯和他的随从们再次迷失了方向。

不久,他们又来到了一个小岛。水手把船停靠岸边,一部分随从上岛搜寻食物,奥德修斯留在船上。在森林里,他们找到了一处美丽而僻静的房子,有狮子和狼守卫着,但它们并不凶猛,它们摇着尾巴,翻来覆去地让人抚摸。

屋里传来有人唱歌的声音,一首甜美的歌曲,这是太阳神阿波罗的女儿赛斯的家。赛斯把前来的随从都变成了猪,只有一个人侥幸逃回了船上,把事情告诉了奥德修斯。

奥德修斯和其他随从们一起去搭救那些被变成猪的伙伴。雅典娜远远地看着他，她很难过，因为她不能出手相助，也不能眼睁睁地看着奥德修斯被变成一头猪！于是她派赫尔墨斯去帮助奥德修斯。

把这棵草吃掉以后，你就不怕赛斯的魔法了。

奥德修斯吃下了这棵草。当赛斯对他们施法时，奥德修斯没有变成猪，于是他拔出了剑，赛斯知道她被打败了，她释放了被困的人兽，并发誓她不会再诱捕任何人。

奥德修斯和他的随从们在岛上休养，不知不觉间，一年过去了。他们调整得很好，但这个岛毕竟不是他们的家。"我们必须走了，"奥德修斯命令道，"浪费的时间已经够多了！"

他们起航不久，又听到了歌声，好像是从附近岛上传出来的。海妖，美丽又可怕的生物，会用歌声迷惑人们，把他们引诱到岛上。奥德修斯让手下人用蜂蜡堵住耳朵，这样他们就听不到这歌声了，然后，他命令随从把他绑在船的桅杆上，这样他能听到海妖的歌声，这歌声可以预示未来，后来，他们航行到了一个安全的小岛。奥德修斯是唯一一个听过海妖的歌声，还能幸存下来的人。

加油
奥德修斯!

岛上全是牛，随从们高兴得欢呼起来，因为他们太饿了！但奥德修斯阻止了他们："这些牛属于太阳神赫利俄斯，塞西的父亲，我们绝对不能吃它们。别担心，我去给你们钓鱼做晚餐。"

奥德修斯刚一离开，随从们就饿得等不下去了。于是，他们杀了一头牛，把它烤着吃掉了。当奥德修斯回来时，大惊失色："我们得尽快逃跑。"他们跳上船，赶紧离开了，希望太阳神没有发现……

但是阿波罗还是发现了，他很生气，径直去找宙斯，宙斯知道他必将惩罚那些人，果然，他发动了猛烈的风暴袭击他们的船。这次，除了奥德修斯以外，所有的人都被淹死了。

奥德修斯所有的随从都遇难了，奥德修斯独自漂流了九天，然后被冲上了一个小岛。

在那里，美丽的海神卡利普索爱上了他，在她的咒语下，奥德修斯在那里待了七年。但他待的时间越长，就越想回家。

雅典娜觉得不能不管了。趁着波塞冬在世界的另一边忙着的时候，雅典娜去找宙斯，恳求宙斯同意她帮奥德修斯回家。宙斯同意了，并说服了卡利普索释放了奥德修斯。

奥德修斯又航行了17天，但在第18天，波塞冬突然又来了，给奥德修斯带来了一场可怕的风暴，这次，他差点就被淹死了。

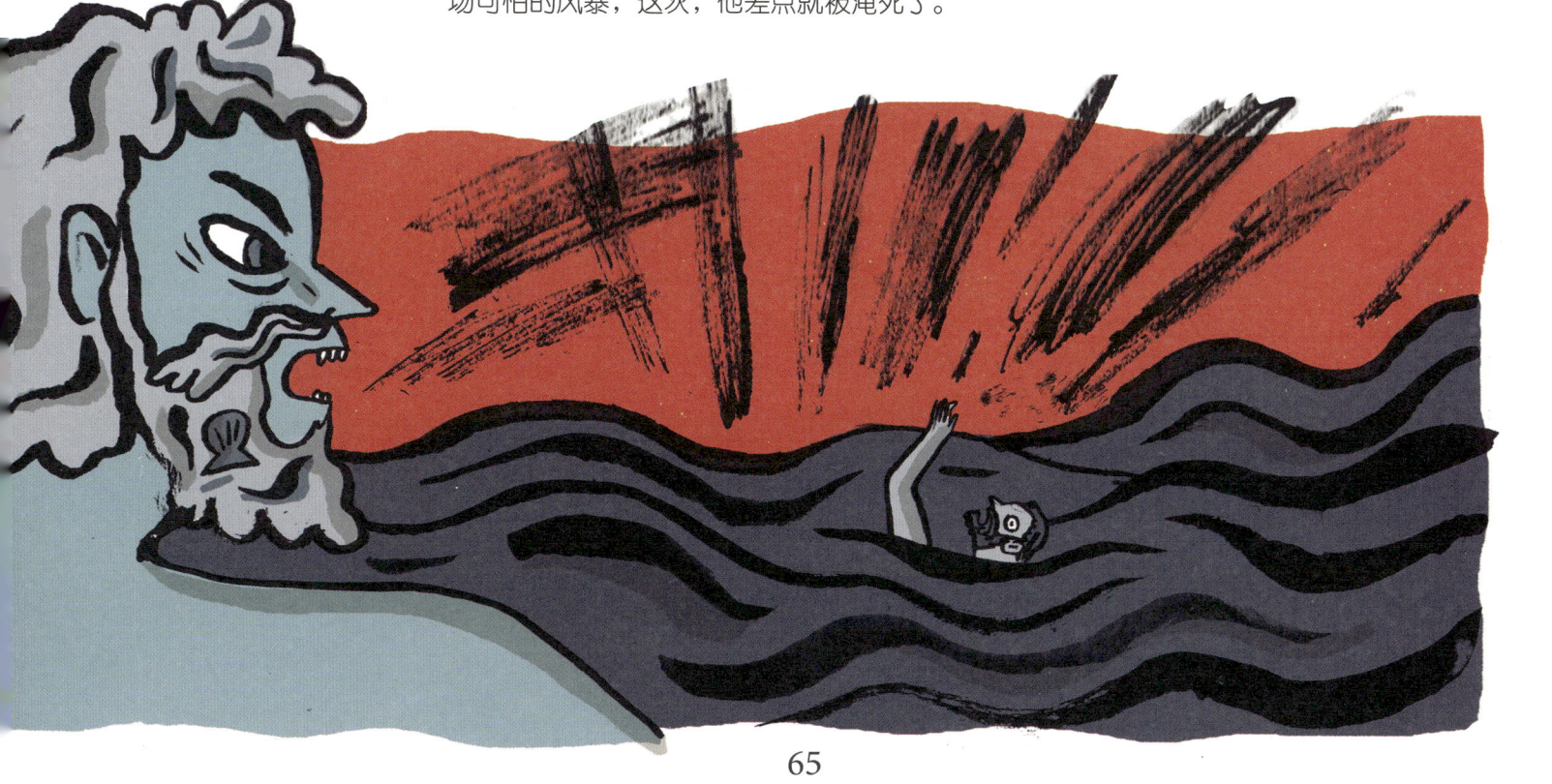

雅典娜指引他上了一艘船，船上有好心的水手，最终，他们再一次向伊萨卡出发了。雅典娜在那里迎接他。"奥德修斯，我照顾了你二十年！现在回来最首要的，来见见这个人吧。"雅典娜对他说。

雅典娜带着忒勒马科斯前来，他是奥德修斯的儿子，当奥德修斯乘船去特洛伊时，他还只是个孩子，现在他已经是一个年轻人了。他们见到彼此都很高兴，相拥而泣。

现在是奥德修斯该回家的时候了。雅典娜把奥德修斯伪装成一个老乞丐，让他去宫殿。宫殿里，求婚的人们肆意妄为，好像他们是宫殿的主人一样。雅典娜让佩内洛普去大礼堂宣布一个消息。

我的丈夫已经离开我二十年了，我相信他应该已经死了，我要和你们中的一人结婚。

明天会举办一场比赛。

第二天，比赛开始了。他们所要做的就是张开奥德修斯的弓，让箭射穿靶心。首先上场的是这个神秘的老人。他一箭就完成了！追求者们心中正存疑虑……这时，雅典娜突然把奥德修斯变回了他自己的模样。奥德修斯和忒勒马科斯一起，把那些求婚者们都狠狠地教训了一番。

佩内洛普听到她丈夫回来的消息时，她简直不敢相信。她哭着拥抱了他。她当然很生气，但他花了这么长时间才千辛万苦回到家，佩内洛普原谅了他。奥德修斯重新得到了佩内洛普和忒勒马科斯的爱。

雅典娜学会了劝告和帮助凡人，但只有在他们祈求她帮助的时候，她才会帮忙。在所有祈求的理由中，她只选择最好的理由。她和阿芙洛狄特也和好了，因为他们看到了什么才是真正的冒险、真正的爱，不为名利，只为家人。赫拉为她学到的一切感到由衷的骄傲。后来，她们给了波塞冬叔叔一个教训，三位女神都很高兴。